THE URBANA FREE LIBRARY
W9-BBQ-359

The Urbana Free Library
To renew: call 217-367-4057
or go to urbanafreelibrary.org
and select My Account

DISCARDED BY THE URBANA FREE LIBRARY

The Urbana Free Library

Donated by
Peggy and Bob Podlasek

In Memory of
Greg Bliss

¡Yo puedo
leer
con
los ojos cerrados!

¡Yo puedo leer con los ojos cerrados!

Traducción de
Yanitzia Canetti

BEGINNER BOOKS
Una División de Random House

Translation TM & copyright © by Dr. Seuss Enterprises, L.P. 2007

All rights reserved.
Published in the United States by Random House Children's Books,
a division of Penguin Random House LLC, New York.
Originally published in English under the title *I Can Read with My Eyes Shut!*
by Random House Children's Books, a division of Penguin Random House LLC,
New York, in 1978. TM & © 1978 by Dr. Seuss Enterprises, L.P.
This Spanish-language edition was originally published in the United States
by Lectorum Publications, New York, in 2007.

Beginner Books, Random House, and the Random House colophon are
registered trademarks of Penguin Random House LLC.
The Cat in the Hat logo ® and © Dr. Seuss Enterprises, L.P. 1957,
renewed 1986. All rights reserved.

Visit us on the Web!
Seussville.com
rhcbooks.com

Educators and librarians, for a variety of teaching tools, visit us at
RHTeachersLibrarians.com

Library of Congress Cataloging-in-Publication Data is available upon request.

ISBN 978-1-9848-3102-6 (trade) — ISBN 978-1-9848-4825-3 (lib. bdg.)

Printed in the United States of America
10 9 8 7 6 5 4 3 2 1
First Random House Children's Books Edition

Random House Children's Books supports the First Amendment and
celebrates the right to read.

Para
David Worthen, Dr. V*
* (Doctor Visión)

Yo puedo leer
en **rojo**.

En **azul**
puedo leer.

Y en el
color del pepino
yo también
lo puedo hacer.

Puedo leer en la cama.

Y en **morado.**

Y en **marrón.**

Puedo leer en un círculo y al revés, ¡qué sensación!

Leo
con
el ojo
izquierdo

y con
el ojo
de
al lado.

Y hasta leo

Mississippi

¡con los ojos bien cerrados!

¡Mississippi,
Indianápolis
y
Aleluya
tambié

Leo con los ojos
cerrados.

¡Es
MUY DIFÍCIL
de hacer!

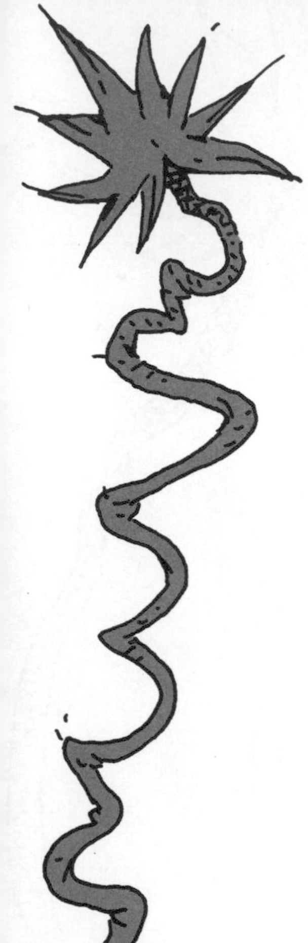

Pero…

no es bueno para el sombrero

y hace mis cejas arder.

Así que…

leer con los ojos cerrados

no es algo que deba hacer.

Y cuando los dejo abiertos,
leo con mucha rapidez.
¡Debes ser un lector ágil
ya que hay mucho por leer!

Puedes leer sobre árboles...
abejillas...
y rodillas.

¡Y de árboles con rodillas!

¡Y
de
abejas
amarillas!

Puedes leer sobre anclas.

Y de hormigas, ¡un montón!

Y acerca de
los tobillos
¡y caimanes con calzón!

Puedes leer de mangueras...

y de cómo
oler las rosas..

¡y qué hacer
si las lechuzas
en la nariz se te posan!

Gatito, si abres los ojos,

y observas atentamente,

¡ay, cuánto aprenderás!

¡Las cosas más sorprendentes!

Aprenderás sobre...

las espinas de pescado...

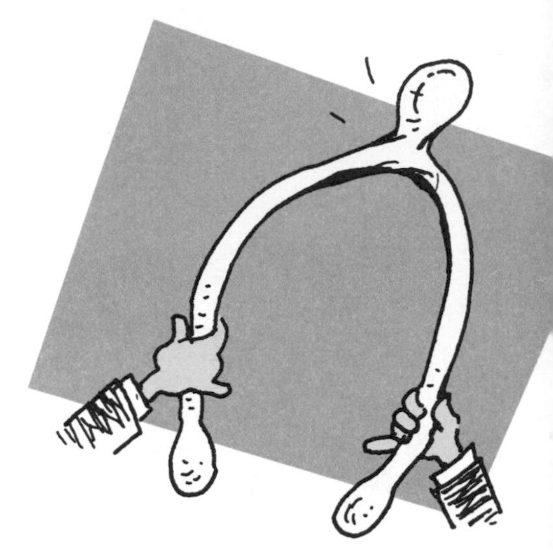

y los huesos de la suer

Y también
sobre trombones
con un sonido
muy fuerte.

Aprenderás
de Minín,
la serpiente del cojín,

y todo sobre Fu-Fú,
la Vácala Tururú.

Aprenderás sobre el hielo
y también sobre ratones.

De ratones en el hielo

o
hielo
sobre
ratones.

Sabrás el precio
del hielo.

Aprenderás del DOLOR…
la ALEGRÍA…
¡y el MAL HUMOR!

Hay tantas
y tantas cosas
que tú puedes aprender.
PERO...
si cierras los ojos
tú te las vas
a perder.

Y mientras más libros leas
más cosas aprenderás.
Y cuánto más tú aprendas
más lejos vas a llegar.

Quizá puedas aprender
a ganar
algún dinero.

O cómo hacer rosquillas…

o adornos para el cuello.

También puedes aprender
a tocar el tromboloco
con los ojos bien abiertos
y *sin* cerrarlos ni un poco.

Si lees con los ojos cerrados
sin duda descubrirás
que el lugar adonde ibas
se ha quedado muy atrás.